À bord
du sous-marin
jaune

Bertrand Fichou est né en 1962 à Caen. Après des études de lettres et de journalisme, il est entré dans le monde de la presse. Aujourd'hui, il travaille comme rédacteur en chef au magazine *Youpi*. Il garde du temps pour écrire de nombreuses histoires, publiées dans les magazines de Bayard Jeunesse.

Du même auteur dans Bayard Poche :

Victor veut un animal - Une journée avec papa - Le jeu qui fait peur - Des croquettes trop vitaminées... - Sur la planète des vacances (Mes premiers J'aime lire)

Les vacances de Crapounette - Crapounette à l'école - Crapounette et le Bébéberk - Crapounette et la tribu inconnue (J'aime lire)

Éric Gasté est né en 1969 à Angers. Après avoir fait l'école Estienne à Paris, il devient rédacteur graphiste au *Journal de Babar,* à *Youpi*, puis à *Astrapi* et *J'aime lire*. Il illustre essentiellement des histoires pour les tout-petits et habite désormais à Toulouse.

Du même illustrateur dans Bayard Poche :

Je suis un chat bleu ! - La soupe à la grimace - Le loup vert (Les belles histoires)

Ric la terreur - Sonia la colle - Perdu chez les sorciers - Victor veut un animal - Une journée avec papa - Le jeu qui fait peur - Les apprentis sorciers - Des croquettes trop vitaminées... - Sur la planète des vacances (Mes premiers J'aime lire)

À bord du sous-marin jaune

Une histoire écrite par Bertrand Fichou
illustrée par Éric Gasté

mes premiers
j'aime lire

BAYARD POCHE

Chapitre 1
Rendez-vous
à la base marine !

Aujourd'hui, c'est un grand jour : je pars en classe de mer, pour une semaine entière ! Mes parents et Jupiter, mon groglou à poil jaune, m'ont accompagné à l'école. J'ai le ventre noué parce que c'est la première fois que je vais être loin d'eux.

En même temps, je suis si content de partir à l'aventure ! Déjà, la maîtresse fait grimper les autres élèves dans le car-fusée. Maman me serre fort dans ses bras :

— Tu te couvriras bien, mon chéri !

— Et si tu te baignes, dit mon papa, attention aux bêtes qui piquent…

— Kouiiiiine, kouiiiine…, pleurniche Jupiter avec des yeux tristes.

Oui, bon, d'accord, je ne suis plus un bébé ! Je leur fais un bisou à chacun et je monte m'asseoir à côté de mon copain Moussa.

La maîtresse nous a tout expliqué : nous allons loger dans une base scientifique, où des chercheurs étudient les animaux de la mer. Moussa est très excité : les animaux, c'est sa passion, surtout les crachalots, et il espère en voir plein. Moi, j'ai surtout tendu l'oreille quand la maîtresse a parlé de sous-marins. Je rêve d'en piloter un !

Nous volons à travers l'espace depuis des heures. Tout à coup, Moussa s'écrie :

— Regardez ! On arrive !

En effet, nous sommes au-dessus d'une planète couverte d'eau. Je m'écrase le nez sur la vitre :

— Hé ! Je vois la base ! On dirait une petite île…

Une minute plus tard, notre car-fusée se pose en douceur.

— Sortez sans vous bousculer, dit la maîtresse, qui voit bien qu'on a très envie de faire les fous.

Sur la piste, un monsieur nous attend,
un bonnet rouge sur la tête, et sa grosse
voix nous calme tout de suite :

– SILENCE ! Je me présente : je suis
Yves, le chef d'équipe.

Nous lui répondons en chœur :

– BONJOUR, MONSIEUR !

Yves est très costaud, mais il a de toutes petites jambes, et il parle avec la voix d'un troll des montagnes :

– Ici, c'est moi qui commande. D'ailleurs, vous m'appellerez Commandant !

– OUI, COMMANDANT !

Moussa est tellement impatient qu'il lève déjà le doigt :

— Est-ce qu'on verra des animaux ? Il y a des crachalots par ici ?

Moi aussi, je me lance :

— On pourra faire un tour en sous-marin ?

Yves se penche vers nous en plissant les yeux :

— Hé, mes petits bonshommes, on fera ce que JE déciderai quand JE le déciderai. C'est clair ?

Houla ! le Commandant n'est pas un clown...

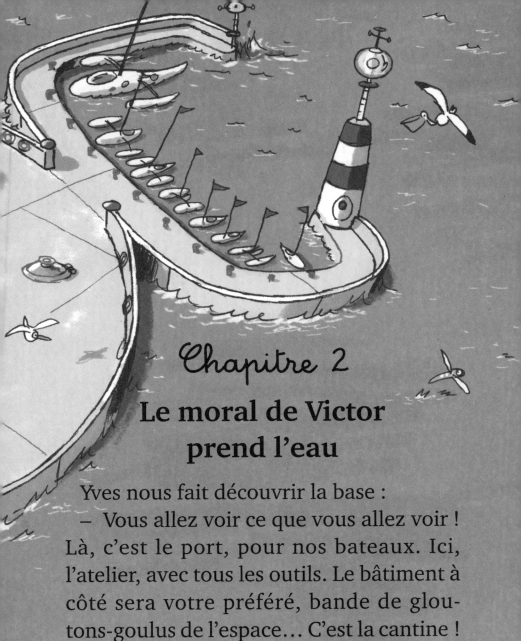

Chapitre 2

Le moral de Victor
prend l'eau

Yves nous fait découvrir la base :

— Vous allez voir ce que vous allez voir !
Là, c'est le port, pour nos bateaux. Ici,
l'atelier, avec tous les outils. Le bâtiment à
côté sera votre préféré, bande de glou-
tons-goulus de l'espace… C'est la cantine !

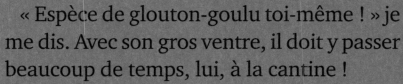

« Espèce de glouton-goulu toi-même ! » je me dis. Avec son gros ventre, il doit y passer beaucoup de temps, lui, à la cantine !
— Vos dortoirs sont par là, continue Yves.

Nous le suivons dans un escalier qui descend au fond de la mer. Tiens, tiens, ça devient intéressant…

– Par les hublots, vous pouvez observer l'océan comme si c'était un aquarium. Mais attention : celui qui laisse des traces de doigts sur les vitres, je l'oblige à nettoyer les cent cinquante-deux hublots de la base !

Malgré la menace, Moussa est comme un fou. Il connaît le nom de tout ce qui vit dans l'océan :

– Regarde, Victor ! Un poisson-pantalon et, là, des petits poissons-frites…

Et il n'est pas au bout de ses surprises… Yves nous entraîne dans un laboratoire. Les tables sont encombrées de microscopes, d'ordinateurs. Des chercheurs étudient des bestioles bizarres qui nagent dans des bocaux. Moussa en reste bouche bée :

— Ouah ! Celles-là, je ne les ai jamais vues !

Yves montre une porte entrouverte :

— Juste à côté, il y a le garage aux sous-marins.

Cette fois, c'est moi qui fais un bond. Je passe une tête : trop beaux ! Il y en a un bleu, un jaune, un rouge… Je suis sûr que je saurais les piloter, je me suis entraîné des heures sur ma console de jeux !

— HEP ! OÙ TU VAS, TOI ?

Aïe ! Yves m'a saisi par l'oreille :

— Tu restes avec tes camarades, ou je t'envoie balayer le fond de l'océan !

La maîtresse me lance un regard à la fois sévère et embêté, comme pour me dire : « Tiens-toi tranquille, Victor ! Ici, c'est ce monstre poilu qui commande et je n'y peux rien... »

Le soir, au dîner, Yves nous force à manger des « produits de la mer », comme il dit. Au menu : coquillages gluants à la sauce de pieuvre et salade d'algues crues. Pouah ! Nous faisons tous la grimace, et lui, ça l'amuse.

— Ceux qui ne finiront pas leur assiette seront punis, ricane-t-il. Trois fois le tour de la base à la nage, en pleine nuit !

Je sais bien qu'il dit ça juste pour nous effrayer, pourtant je me couche le cœur gros. C'est la première fois que je dors loin de mes parents, Jupiter me manque, et surtout… ça va être long, sept jours entiers à supporter le gros crabe à bonnet rouge !

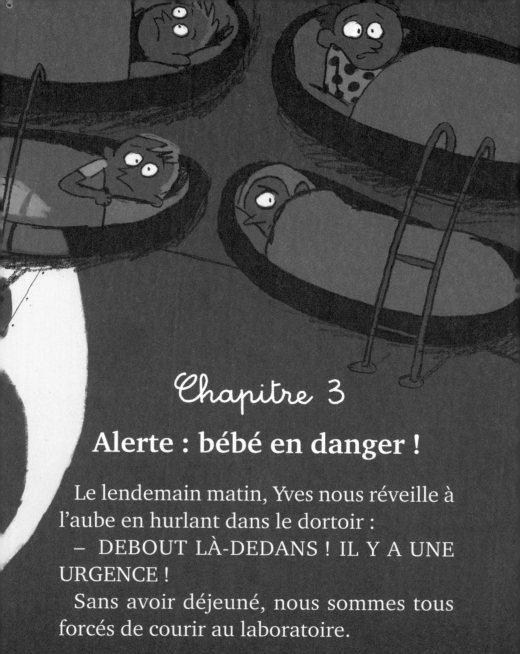

Chapitre 3

Alerte : bébé en danger !

Le lendemain matin, Yves nous réveille à l'aube en hurlant dans le dortoir :
– DEBOUT LÀ-DEDANS ! IL Y A UNE URGENCE !
Sans avoir déjeuné, nous sommes tous forcés de courir au laboratoire.

— Regardez ce point lumineux sur le radar, dit Yves. D'après l'ordinateur, c'est un bébé crachalot qui s'est emmêlé les nageoires dans une forêt d'algues.

— Oh ! s'exclame Moussa. Il faut le sauver !

— Oh oui, s'écrie la maîtresse, les larmes aux yeux, le pauvre petit !

— Je m'en occupe ! clame Yves en bombant le torse. Je prends le sous-marin jaune, et vous allez voir ce que vous allez voir !

Trop bien ! Le sous-marin jaune ! Sans réfléchir, je fais un pas en avant :
— Commandant, on peut venir avec vous ?

Yves me fixe en soulevant ses sourcils épais comme deux brosses à chaussures :

– Non, mon petit. Ça, c'est une mission de grand. Je vais prendre beaucoup de risques, et je serai plus tranquille si tu restes dans les jupes de ta maîtresse...

Il toussote et termine :

– En revanche, vous allez suivre MON exploit sur cet écran relié à la caméra du sous-marin.

Moussa murmure :

– Quel crâneur ! Moi, je m'en fiche de ses exploits sur écran. Ce que je veux, c'est voir un crachalot en vrai...

Je lui réponds :

– Moi, je veux aller dans un vrai sous-marin...

On s'échange un petit coup d'œil, on pense à la même chose : c'est l'occasion ou jamais, non ?

Pfuit ! Pendant qu'Yves installe la maîtresse et les copains devant l'ordinateur,
Moussa et moi, on file jusqu'au garage. En
trois bonds, nous montons à bord du sous-
marin jaune, celui avec de grandes pinces
et une caméra sur le devant. Dedans, c'est
encore mieux que ce que j'avais imaginé :
il y a des manettes partout, des tuyaux, un
grand hublot…

Moussa m'attrape par le bras :

– Cachons-nous ! J'entends super-Yves qui approche !

Vite ! nous nous serrons l'un contre l'autre derrière des bouteilles de plongée.

Le Commandant entre sans nous voir. Il s'assoit sur le siège du pilote et démarre. Mon cœur bat fort ! Je regarde discrètement comment il s'y prend pour manœuvrer. Les commandes ressemblent beaucoup à celles de mon jeu vidéo, ça a l'air facile…

Chapitre 4
Dans les profondeurs de l'océan

Ça y est, nous sommes en pleine mer ! Le sous-marin zigzague à toute allure entre les rochers. Des dizaines de poissons nous regardent passer avec leurs yeux ronds. C'est fantastique !

Quelques minutes plus tard, Yves nous arrête au milieu des algues. Le bébé cachalot est là, tout près ! Moussa et moi, on se pince pour être sûrs qu'on ne rêve pas !

Yves enfile sa combinaison de plongée et ses palmes. Pff ! il ressemble à un gros pingouin à tête rouge ! Puis il attrape une scie électrique et il ajuste le micro de son casque :

– Vous m'entendez, les enfants ?

Ce n'est pas à nous qu'il parle, mais aux copains de la classe. Leurs voix nous parviennent depuis la base à travers un haut-parleur :

– OUI, COMMANDANT, ON VOUS ENTEND !

– Bon, dit-il, je vais sortir, au péril de ma vie, et libérer ce pauvre petit bébé en danger. Vous allez voir ce que vous allez voir !

Yves entre dans le sas qui mène hors du sous-marin. L'instant d'après, il est dans l'eau et s'éloigne en palmant à toute vitesse avec ses mollets de crevette. Moussa peut enfin parler :

— Tu te rends compte, Victor ? On est dans la mer, à côté d'un vrai crachalot ! Et regarde, là, une colonie d'oursins géants. Ils ont des piquants longs comme le bras !

Yves rejoint le bébé. Sans hésiter, il grimpe sur son dos en saluant la caméra. Paniqué, l'animal s'agite dans tous les sens. Yves coupe une algue par-ci, une autre par-là, et il prend des poses devant la caméra en souriant de toutes ses dents.

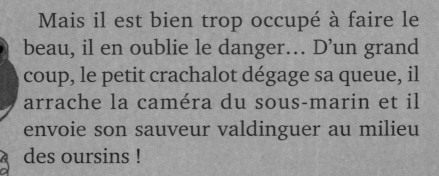

Mais il est bien trop occupé à faire le beau, il en oublie le danger… D'un grand coup, le petit crachalot dégage sa queue, il arrache la caméra du sous-marin et il envoie son sauveur valdinguer au milieu des oursins !

Dans le haut-parleur, Moussa et moi entendons Yves qui hurle : « OUILLE ! » Le fil de la caméra pendouille devant le hublot, la communication avec la base est coupée, et le Commandant est blessé. Il faut intervenir ! Je bondis au poste de pilotage et je tourne la clé de contact.

— Qu'est-ce que tu fabriques ? demande Moussa.

Comme Yves tout à l'heure, je pousse la manette d'accélération… Houla, ça démarre vite ! Moussa perd l'équilibre et tombe dans le fond de la cabine en criant :
– Héééé ! Attention ! Le rocher, droit devant !

Je penche le manche pour faire tourner notre engin… Ça marche ! JE PILOTE UN SOUS-MARIN !

Moussa n'est pas du tout rassuré :

– Ralentis, Victor, c'est la première fois…

Je nous rapproche d'Yves. Un instant plus tard, il rentre par le sas en pleurni-chant, des piquants plein les fesses :

– Aïe ! Ouille ! Mais… qu'est-ce que vous fichez là, tous les deux ? Je vous… Ouille ! Ouille ! Ouille !

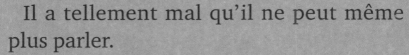

Il a tellement mal qu'il ne peut même
plus parler.

Moussa saisit la manette des pinces :

— Victor, il faut finir de libérer le bébé
crachalot !

— Essayons.

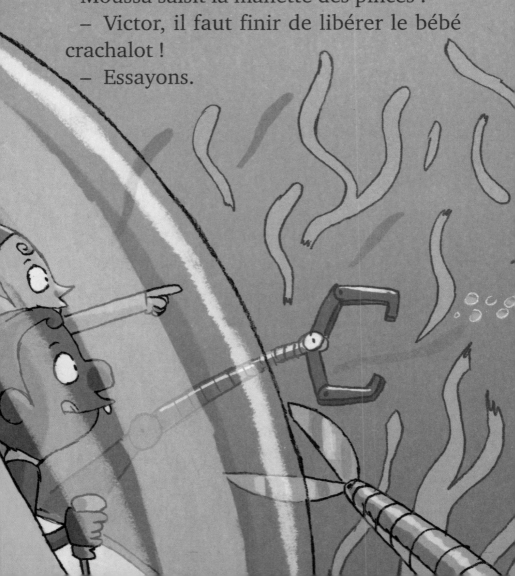

Délicatement, je nous place sous l'animal. Moussa coupe les algues, et tchic, et tchac ! Il tire la langue comme quand il s'applique pour découper avec des ciseaux. Il ne veut surtout pas blesser son protégé… Brusquement, le crachalot se dégage et s'échappe dans le bleu. Sauvé !

Je me tourne vers Yves-les-fesses-trouées :

– On rentre, Commandant ?

Yves pousse des gémissements de chaton malade. Il a juste assez de force pour me montrer la direction avec son doigt. Je fais pivoter le sous-marin… fastoche ! Cap sur la base !

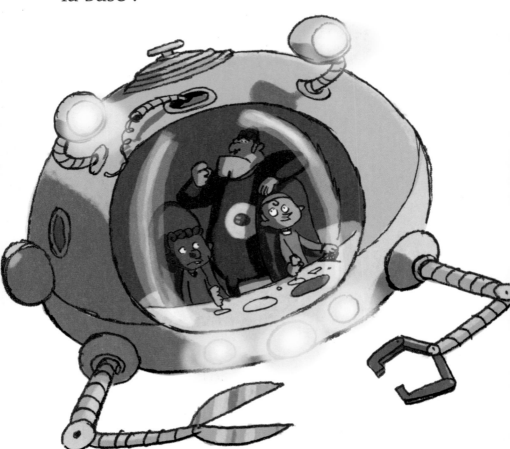

Bon, évidemment, à l'arrivée, la maîtresse n'est pas très contente :

— Victor ! Moussa ! Mais vous êtes fous !
Disparaître sans prévenir ! J'étais morte
d'inquiétude !

— Ne les grondez pas, dit alors Yves en
essayant de sortir de la cabine. Ouille ! Tout à
l'heure, j'ai changé d'avis. C'est moi qui leur
ai demandé de venir... Aïe ! pour m'aider...

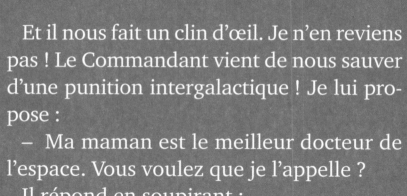

Et il nous fait un clin d'œil. Je n'en reviens pas ! Le Commandant vient de nous sauver d'une punition intergalactique ! Je lui propose :

— Ma maman est le meilleur docteur de l'espace. Vous voulez que je l'appelle ?

Il répond en soupirant :

— C'est une bonne idée, Victor. Merci.

J'ajoute :

— Vous allez voir ce que vous allez voir, Commandant !

Je sens que les six jours qui restent vont passer trop vite !

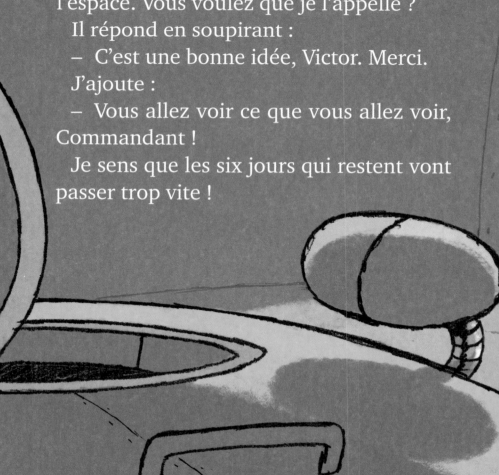

Achevé d'imprimer en août 2008 par Oberthur Graphique
35000 RENNES – N° Impression : 8722
Imprimé en France